Rânes 7 Juin 1908

Succession de Berghes St-Winock

TABLEAUX -:- GRAVURES

Aquarelles, Miniatures

MEUBLES ANCIENS

ET DE STYLE

Bronzes d'Art & d'Ameublement

FAIENCES & PORCELAINES

OBJETS DE VITRINE, ARGENTERIE

A. BESNIER
27 MAI 1908
NOTAIRE A RÂNES (ORNE)

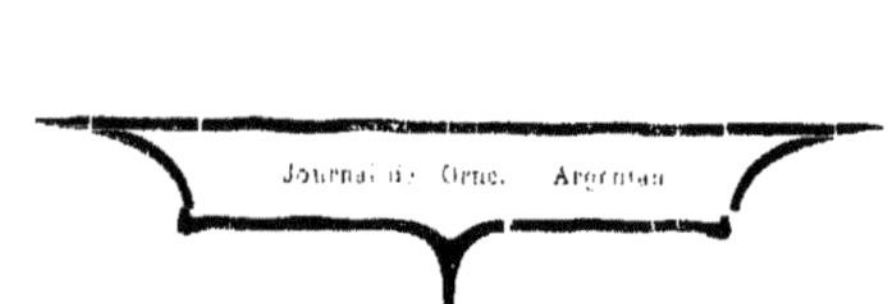
Journal de l'Orne. Argentan

Succession de Berghes St-Winock

TABLEAUX -:- GRAVURES

Aquarelles, Miniatures

MEUBLES ANCIENS

ET DE STYLE

Bronzes d'Art & d'Ameublement

FAIENCES & PORCELAINES

OBJETS DE VITRINE, ARGENTERIE

CONDITIONS DE LA VENTE

Elle se fera au comptant.

Les acquéreurs paieront dix pour cent en sus du prix d'adjudication.

L'exposition mettant le public à même de se rendre compte de l'état et de la nature des objets, il ne sera admis aucune réclamation une fois l'adjudication prononcée.

ORDRE DES VACATIONS

Le 7, Tableaux.

Le 8, Meubles anciens et de style.

Le 9, Bronzes d'arts et d'ameublements, marbre, faïences, porcelaines, objets de vitrine, costumes de cour, argenterie.

Le 10, Argenterie (suite), bijoux, armes, garde-robe, ornement et vases sacrés, linges.

Le 11, Linges (suite), livres.

Le 12, Verrerie, vaisselle, métal argenté.

Les 13, 14, 15, 16, 17, Meubles courants, vins et eaux-de-vie.

Le 18, Voitures, sellerie, matériel agricole.

Les 19, 20, Matériel agricole, plantes de serres et d'appartements, animaux. Foin, cidre et fûts.

L'ordre des vacations et celui du catalogue pourront être changés, sauf en ce qui concerne les quatre premiers jours dont l'ordre indiqué sera rigoureusement suivi.

Exposition du 31 Mai au 3 Juin 1908, de 2 à 5 heures du soir.

MOYENS DE COMMUNICATIONS

RANES : 20 km. d'Argentan,	ligne de Paris-Granville,		train express
18 km. de Briouze,		id.	id.
9 km. des Yveteaux,		id.	train omnibus
10 km. d'Écouché,		id.	id.

Des voitures seront à Argentan à l'arrivée du train de Paris de 12 h. 3. — Service public de Rânes à Ecouché, 2 fois par jour, dans chaque sens.

CATALOGUE

DES

TABLEAUX, GRAVURES

Aquarelles, Miniatures

MEUBLES ANCIENS & DE STYLE

Bronzes d'Art et d'Ameublement

FAIENCES - PORCELAINES

Objets de Vitrine

ET ARGENTERIE

Dépendant de la Succession de M. le Duc et Prince Ghislain de BERGHES SAINT-WINOCK.

DONT LA VENTE

En vertu d'une ordonnance rendue par M. le Président du Tribunal Civil de la Seine, en date du 15 Avril 1908

A la requête des Héritiers

et de M. ***Ménage****, Administrateur Judiciaire*

AURA LIEU

A RANES (ORNE), AU CHATEAU

Du 7 au 20 Juin 1908

ET JOURS SUIVANTS S'IL Y A LIEU

A 1 h. 1/2 précise de l'après-midi

Par le ministère de **Me BESNIER,** notaire à Rânes

Assisté, comme expert

de **M. LANTIEZ,** Commissaire-Priseur à Paris, 7, Rue de Provence

---

Expositions chaque jour, de 2 h. à 4 heures du soir
à partir du 31 Mai 1908, jusqu'au 3 Juin

TABLEAUX

1 — Portrait de Madame Elisabeth Blimond de Saint-Blimond.

2 — Portrait de Madame Marie-Thérèse-Joséphine de Castellane, Princesse de Berghes, Dame du Palais de la Reine Marie-Antoinette (1748-1814).

3 — Portrait de la même, 1768.

4 — Portrait de Madame Louise-Augustine Salbigothon de Crozat de Tiers, Maréchale Duchesse de Broglie (1732-1813).

5 — Portrait de M. le Prince Charles-Amédée de Broglie de Revel, Lieutenant Général des Armées du Roy.

6 — Portrait d'homme revêtu d'une armure damasquinée et tenant à la main un Bâton de Maréchal de France, costume Louis XIV.

7 — Portrait d'homme, costume Louis XIV.

8 — Portrait de M. François-Victor Duc de Broglie, Maréchal de France (1718-1804).

9 — Portrait de M. L. F. Dargouges, Comte de Rannes, Gouverneur d'Alençon, le 31 octobre 1748 (Costume de Cour).

10 — Portrait du même (Costume de Guerre).

11 — Portrait de M. Charles-Louis d'Argouges, Marquis de Rasnes, Colonel du Régiment de Languedoc, Maréchal des Camps et Armées du Roy (1709-1787).

12 — Portrait d'homme à perruque blonde, revêtu d'une armure damasquinée, costume Louis XIV.

13 — Portrait de M. John Manners, Marquis de Granby, Commandant en chef des troupes de Sa Majesté Britannique, Grand Maître

de l'Artillerie et Colonel des Gardes à cheval (Copie du tableau original fait par Reynolds).

14 — Portrait de M. Marie-Victor-Amédée Prince de Broglie, Maréc. de Camp, Commandeur de la Légion d'Honneur, Chevalier de l'Ordre du Saint-Esprit, Conseiller d'État, Député de l'Orne, (1772-1851).

15 — Portrait de M. Hiérosme d'Argouges de Rasnes, Conseiller du Roy, Lieutenant civil de la Prévôté et Vicomté de Paris (1682-1767) (Copie du tableau original fait par Largillières).

16 — Portrait de M. d'Argouges, Maréchal de France.

17 — Portrait de Madame la Duchesse de Berghes, née Seillières, signé : Winterhalter (1844).

18 — Portrait d'homme revêtu d'une armure du XVIIe siècle.

19 — Portrait de Madame Marie-Louise-Agnès de Saint-Blimond, Princesse de Berghes Saint-Winock, par Dubufe (1756-1852).

20 — Portrait de la même, par Dubufe.

21 — Portrait de M. Jacques-Louis Marquis de Saint-Blimond, dernier du nom, décédé à Abbeville, le 10 février 1820.

22 — Portrait du même.

23 — Portrait de M. Maurice-Jean-Madeleine Prince Abbé de Broglie, Évêque de Gand, mort en 1821.

24 — Portrait du même.

25 — Portrait de M. Charles-Louis-Victor Prince et Abbé de Broglie, mort à Londres en septembre 1849.

26 — Portrait de M. François-Désiré-Marc Ghislain Prince de Berghes Saint-Winock, Maréchal de Camp, décédé à Altona (Danemarck) le 14 juin 1802.

27 — Portrait du même.

28 — Portrait de M. Claude Marquis de Saint-Blimond, Mestre de Camp de Cavalerie.

29 — Portrait de Madame Marie-Anne-Madeleine de Créquy, épouse de Henry de Monceaux d'Auxy Comte d'Hanvoille.

30 — Portrait de M. le Marquis d'Auxy, Capitaine aux Gardes Françaises, Colonel de Dragons.

31 — Portrait du même.

32 — Portrait de Stanislas Leczinsky, Roi de Pologne (1682-1766).

33 — Portrait de Madame Françoise-Chrestienne de Saint-Blimond, Religieuse de l'Abbaye de Villancourt.

34 — Portrait de M. André Marquis de Saint-Blimond.

35 — Portrait de Madame André-Agnès de Saint-Blimond, Vicomtesse de Gaullière.

36 — Portrait de Madame Marie-Henriette de Saint-Blimond, morte écollière des chanoinesses régulières de l'Abbaye d'Avesnes.

37 — Portrait de M. Charles Prince de Broglie, Evêque, Comte de Noyon, Pair de France (1733-1777).

38 — Portrait de M. François-Victor Duc de Broglie, Maréchal de France (1718-1804).

39 — Portrait de M. Eugène-Louis de Berghes Prince de Rache. Capitaine général, Gouverneur du Comté de Haynaut, Chevalier de la Toison d'Or (1624-1692).

40 — Portrait de Madame Charlotte Beautru de Nogent, Marquise de Rasnes (1659-1725).

41 — Portrait de Madame Elisabeth-Charlotte de Saint-Blimond. Comtesse de la Neufville.

42 — Portrait de Madame Victoire Laffont, Vicomtesse de Marin, tenant sa fille la Princesse Eugène-Louis de Berghes (1805-1841).

43 — Portrait (petit) de Madame la Maréchale de Broglie née Crozat de Tiers, en costume de veuve, Altona, 1804.

44 — Portrait de la même.

45 — Portrait de Madame la Marquise de Boisse née Princesse de Broglie (1764-1852).

46 — Portrait de M. Charles-Amédée de Broglie Comte de Raynal, Lieutenant général des armées du Roy, mort en 1707.

47 — Portrait de M. Pierre-Eugène-Marie Prince de Berghes Saint-Winock, Sous-Lieutenant au 7e Chasseurs à cheval (1846-1870). Signé Winterhalter.

48 — Portrait de M. le Duc de Broglie, Maréchal de France.

49 — Portrait ovale de M. le Duc de Broglie, Maréchal de France.

50 — Portrait de M. André Marquis de Saint-Blimond.

51 — Portrait de Madame Marie-Françoise de Berghes, 1683.

52 — Portrait de Madame Catherine-Charlotte de Grammont, Dame

d'Honneur de la Reine, épouse de Louis-François Duc de Boufflers, Pair et Maréchal de France.

53 — Portrait de Madame N. de Berghes, Marquise de Rache, 1690.

54 — Portrait de Madame la Princesse de Berghes Saint-Blimond.

55 — Portrait de Madame Elisabeth-Caroline Caullier de Breteuil, épouse de André Marquis de Saint-Blimond.

56 — Portrait de Madame la Baronne Seillière, mère de Madame la Duchesse de Berghes, signé Alix Siméon.

57 — Portrait de M. Philippe de Berghes, Prince de Rache, 1683.

58 — Portrait de M. Charles-Alexandre de Berghes, Prince de Rache.

59 — Portrait de femme en Diane chasseresse, costume Louis XV.

60 — Portrait de Madame Marie-Andrée-Joseph de Berghes, chanoinesse de Maubeuge.

61 — Portrait de Monseigneur Maximilien de Berghes, premier Archevêque de Cambrai.

62 — Portrait de Madame Marie-Josèphe-Isabelle de Berghes, Princesse de Rache, 1715.

63. — Portrait de Madame Louise-Alphonse de Berghes, Princesse de Rache, Comtesse de Montesquiou d'Artagnan.

64 — Portrait de M. le Duc Eugène de Berghes, signé Alix Siméon, 1848.

65 — Portrait de M. Charles de Berghes, Seigneur de Rache, capitaine de 200 chevaux, tué à la Bataille de Prague en 1620.

66. — Portrait de M. Eugène Comte de Berghes, Prince de Rache, 1648.

67 — Portrait de Madame Jacqueline-Louise-Charlotte de Monceaux d'Auxy, épouse de Claude, Marquis de Saint-Blimond.

68 — Portrait de M. le Duc de Broglie, Maréchal de France.

69 — Tableau représentant la Vierge, cadre empire.

70 — Tableau représentant un chien griffon, signé : Hofpatier.

71 — Tableau représentant le cheval Oriel, signé Wilh. Richter, 1880.

72 — Petit tableau représentant un jeune chevalier écrivant sur la pierre, peint par Madame la Baronne Seillière, née Gibert.

73 — Quatre petits tableaux dans un seul cadre et représentant le Château de Mello, vu de 4 côtés différents.

74 — Tableau paysage avec cascade.

75 — Tableau paysage suisse.

76 Tableau représentant le chien Runtgher, chien des Landes.

77 — Toile peinte, représentant Minerve regardant les jeux des amours.

78 — Petit tableau Amazone, signé : Marck.

79 — Tableau représentant Jeanne d'Arc blessée.

79 bis — Portrait de Madame Vigée Lebrun.

GRAVURES

80 — Gravure anglaise représentant le cheval « Newminster » d'après le tableau de Harry Halle, gravé par John Harris.

81 — Gravure anglaise représentant Charles X, roi de France, d'après la peinture de Sir Charles Thomas Lawrence, gravé par Charles Turner.

82 — Gravure anglaise représentant une course.

83 — Gravure anglaise « Does He mean it » d'après la peinture de Stone, gravé par Simmons.

84 — Deux fac-simile représentant un Dragon et un Hussard, d'après une aquarelle de Detaille, 1876-1878.

85. — Gravure représentant Henri Comte de Berghes, mort en 1634.

86 — Gravure représentant Victor-François Duc de Broglie, Maréchal de France, Prince du Saint Empire, Gouverneur de Béthune.

87 — Gravure de la même personne.

88 — Gravure représentant Henri de France Comte de Chambord.

89 — Deux gravures représentant le même et Madame Louise de Parme.

90 — Gravure représentant Henri de la Roche-Jacquelein.

91 — Gravure représentant Louis de la Roche-Jacquelein.

92 — Gravure représentant Louis de Lescure.

93 — Gravure représentant le Prince de Talmont.

94 — Gravure représentant Madame la Duchesse de Berghes Saint-Blimond d'après la peinture de Lebrun, gravé par Belliard.

95 — 2 gravures représentant Louis XVI et Marie-Antoinette.

96 — Gravure representant Marie-Antoinette devant le Tribunal révolutionnaire.

96 bis — Gravure représentant Marie-Antoinette, archiduchesse d'Autriche, Reine de France, et ses trois enfants.

97 — Gravure représentant la Princesse de Lucques.

97 bis — Gravure représentant Charles-Amédée de Broglie, Comte de Revel, Lieutenant général des armées du Roy.

98 — Gravure représentant Monseigneur de Quélen, Archevêque de Paris.

99 — 6 Gravures représentant les Conquêtes d'Alexandre, d'après Lebrun.

100. — Gravure coloriée, la Reine du Bal.

101 — Deux gravures représentant Henri Comte de Berghes, conseiller d'État de Sa Majesté C. Philippe III, Capitaine général et Grand Maitre de l'Artillerie.

102 — Gravure représentant le feu d'artifice tiré devant l'Hôtel-de-Ville de Paris, le 1er mai 1759, en réjouissance de la victoire remportée sur l'armée combinée des alliés à Berghen par l'armée du Roy, commandée par le Duc de Broglie.

103 — Gravure costumes militaires.

104 — Gravure représentant Ramon Cabrera.

105 — Lot gravures, portraits et autres.

AQUARELLES

106 — Quatre aquarelles chasses à courre et courses.

107 — Une aquarelle représentant une chasse à courre chez l'Empereur d'Autriche, signée Julius Von Blaas, Wien, 1880.

108 — Une aquarelle représentant un Hallali à l'eau à la Cour d'Autriche.

109 — Une aquarelle représentant le Château de Mello.

110 — Une aquarelle représentant le Château de Vaugeois, signée Ruprich Robert, 1848.

111 — 2 Aquarelles représentant un château et un pont sur une rivière, signées Ruprich Robert.

112 — Aquarelle représentant le Château d'Olhain.

112 bis — Aquarelle représentant une chasse à courre.

DESSINS AUX FUSAIN OU PASTEL

113 — Dessin représentant Mademoiselle Seillière, depuis Duchesse de de Berghes, 1836.

114 — Dessin représentant la Vierge.

115 — Dessin représentant M. le Duc de Berghes (Charles-Alphonse-Désiré-Eugène), signé E. B. Kietz à Leipzig, 1855.

116 — Dessin représentant M. le Prince Louis de Berghes, signé E. B. Kietz, 1855.

117 — Dessin représentant Madame la Comtesse de Rombech, née Cobenzelle.

118 — Paysage.

119 — Dessin représentant Mademoiselle Gabrielle Seillière, depuis Duchesse de Berghes, signé Laure de Léoménil.

120 — Dessin représentant une jeune fille.

121 — Paysage avec rochers.

122 — Dessin représentant une jeune fille.

MINIATURES

123 — Portrait de Madame Marie-Louise-Victoire d'Argouges, Marquise de Rasnes, Baronne de Montreuil (1754-1822).

124 — Portrait de M. Charles-Olivier Baron de Montreuil (1743-1818).

125 — Lot miniatures.

MEUBLES ANCIENS & DE STYLE

1 — Pendule Louis XVI, bois sculpté avec mouvement moderne à quantièmes, de Garnier.

2 — 2 Fauteuils Louis XV, bois sculpté, cannés.

3 — 4 Chaises empire, recouvertes velours noir et reps.

4 — Une grande table acajou naturel sculpté, à filets noirs, avec armoirie, dessus marbre rouge.

5 — 1 Buffet à 2 corps, noyer sculpté.

6 — 2 Fauteuils et 2 chaises, bois noir, colonnes torses, dessus drap rouge, chiffrés B. S., surmontés d'une couronne ducale.

7 — 1 Fauteuil Louis XIV, noyer sculpté, recouvert étoffe fantaisie.

8 — 1 Fauteuil Louis XIV, noyer sculpté, recouvert en velours rouge frappé avec bas relief aux armes épiscopales.

9 — Une table ronde acajou, Louis XVI, baguettes cuivre.

10 — 2 Grands fauteuils noyer sculpté recouverts en étoffe orientale.

11 — 2 Fauteuils Louis XVI recouverts en cuir.

12 — Une table à jeu acajou.

13 — 2 Grandes jardinières, chêne sculpté avec fleurs de lys.

14 — 1 Grand bureau Louis XVI, bois de rose et palissandre, orné de bronzes.

15 — 1 Grand guéridon acajou.

16 — Une grande console Louis XV, bois sculpté, peinte en blanc, dessus marbre gris.

17 — 6 Fauteuils Louis XVI, recouverts en étoffe à fleurs.

18 — Une chaise empire acajou, dossier arrondi, siège drap rouge.

19 — Une table gigogne acajou avec tiroir.

20 — Une travailleuse ovale avec pieds en forme de lyre.

21 — 1 Bahut bois noir, marqueterie de cuivre.

22 — 1 Bahut semblable.

23 — 2 Chaises Louis XV, recouvertes en velours vert frappé.

24 — Une table bouillotte acajou.

25 — Une table vide-poche, baquettes cuivre.

26 — Une table ronde Louis XVI, dessus marbre avec galerie cuivre.

27 — 1 Petit tabouret Louis XVI, dessus velours rouge rayé.

28 — 1 Table trictrac.

29 — 1 Secrétaire empire à colonnes ornées de bronzes, à dessus marbre noir.

30 — 1 Miroir à barbe.

31 — Une encoignure.

32 — Un petite commode toilette empire acajou.

33 — Une armoire normande peinte en blanc.

34 — Une encoignure, bois de rose et palissandre, ornée de bronzes à dessus de marbre.

35 — Une petite commode Louis XVI, acajou à dessus de marbre, avec galerie et poignées en cuivre.

36 — Une commode marqueterie de bois à dessus de marbre, ornée de bronzes.

37 — Une encoignure noyer, dessus marbre, ornée de bronzes.

38 — 1 Lit Louis XVI, peint en blanc.

39 — 1 Grand secrétaire, marqueterie de bois, à dessus de marbre gris, orné de bronzes avec motifs, représentant les attributs de la musique, et un vase entouré de fleurs.

40 — Une grande armoire acajou massif.

41 — Une commode Louis XV, ornée de bronzes avec marbre mosaïque.

42 — Une commode Louis XV, bois de roses, ornée de bronzes avec marbre gris rosé.

43 — 1 Petit bureau Louis XVI à cylindre avec vitrine et filets cuivre.

44 — 1 Lit Louis XVI peint en gris bleuté.

45 — Une commode Louis XV, ornée de bronzes argentés à dessus de bois.

46 — 7 Fauteuils acajou empire.

47 — Une petite commode palissandre ornée de bronzes à dessus de marbre.

48 — Une commode Louis XVI, bois de roses et marqueterie ornée de bronzes dessus marbre gris.

49 — Une petite table acajou formant bureau.

50 — 1 Bureau palissandre Louis XV, orné de bronzes.

51 — 1 Bureau bois noirci, orné de fleurs ciselées.

52 — 1 Meuble empire acajou à 2 corps, dessus vitré, orné de bronzes formant bibliothèque.

53 — 1 Meuble semblable.

54 — 1 Lit empire orné de bronzes.

55 — Une commode palissandre avec incrustation de bois représentant des scènes et des personnages orientaux, dessus marbre.

56 — Une armoire normande chêne sculpté.

57 — Une commode marqueterie de bois, ornée de bronzes.

57 bis — 1 cartel Louis XIV en forme de soleil.

58 — Une commode palissandre ornée de bronzes avec cannelures à dessus de marbre.

59 — Une toilette Duchesse dessus marbre blanc.

60 — Une commode Louis XV, bois de roses et palissandre, ornée de bronzes, dessus marbre gris.

61 — Une petite commode Louis XV, dessus bois.

62 — 1 Lit empire orné de bronzes.

63 — 4 Fauteuils Louis XVI à médaillons, recouverts en percale à fleurs.

64 — Une commode acajou Louis XVI, cannelée et ornée de cuivres.

65 — 1 Petit bureau acajou à cylindre, à cannelures, orné de cuivres avec galerie et dessus marbre blanc.

66 — 1 Secrétaire empire acajou orné de bronzes.

67 — Une armoire normande chêne sculpté.

68 — Une commode acajou cannelée, baguettes.

69 — Une encoignure acajou dessus marbre.

70 — 1 Secrétaire empire acajou à demi-colonnes.

71 — Une commode acajou empire, ornée de bronzes, dessus marbre noir.

72 — Une commode Louis XV, bois de roses, torsades marqueterie de bois, ornée de bronzes dessus marbre gris.

73 — 2 Fauteuils acajou empire, étoffe jaune.

74 — 3 Chaises semblables.

75 — 8 Fauteuils Louis XVI à médaillon.

76 — 2 Fauteuils Louis XVI, dossiers carrés.

77 — Une console jardinière empire, ornée de bronzes.

78 — 1 Orgue de barbarie, orné de bronzes, avec 4 cylindres.

79 — 2 Canapés, 12 fauteuils médaillons, 8 fauteuils dossiers à fleurettes Louis XVI, filets dorés recouverts en velours rouge capitonné.

80 — 7 Chaises velours bande tapisserie.

81 — 1 Grand bureau cylindre empire dessus marbre noir.

82 — Une commode empire noyer, ornée de bronzes, dessus marbre gris.

83 — 6 Fauteuils Louis XVI médaillons, recouverts en damas cerise.

84 — 1 Secrétaire empire acajou orné de bronzes.

85 — Une petite table gigogne acajou en 3 parties.

86 — Une commode acajou empire ornée de bronzes dessus marbre noir.

87 — 1 Lit Louis XVI peint en blanc.

88 — Une commode acajou empire dessus marbre noir.

89 — Une autre commode semblable.

90 — 1 Miroir à barbe.

91 — 1 Lit à baldaquin en chêne, noyer et incrustations de bois de diverses essences.

92 — 1 Secrétaire acajou empire, orné de bronzes à dessus de marbre noir.

93 — Une commode acajou Louis XVI à cannelures, dessus marbre gris.

94 — Une console acajou empire à dessus marbre mosaïque.

95 — 2 Grands lits chêne capitonnés.

96 — Une méridienne empire.

97 — Une méridienne empire.

98 — 1 Bureau acajou à la Tronchin.

99 — Une table bouillotte.

100 — 2 Chaises Louis XV, recouvertes en damas rouge.

101 — Une grande armoire acajou, portes pleines, ornée de bronzes.

102 — Une bergère Louis XV.

103 — Une glace cadre bois sculpté.

104 — Une table à ouvrage acajou empire.

105 — Une bergère Louis XV.

106 — 6 Fauteuils Louis XVI recouverts en velours à rayures.

107 — Une petite commode acajou ornée de bronzes à dessus de marbre.

108 — 1 Bahut chêne.

109 — 2 Jardinières acajou empire avec bronzes.

110 — Une plaque de cheminée en fonte aux armes d'Argouges portant l'inscription : Fait aux forges de la Baronnie de Rânes, l'an 1611.

111 — 2 Caves à liqueurs.

BRONZES D'ART ET D'AMEUBLEMENT. -- MARBRE

1 — Surtout de table empire, de forme ronde, avec fonds en glace, garniture bronze, dorée, finement ciselée.

2 — Grand lustre hollandais.

3 — 1 Bout de table empire à 2 lumières.

4 — Une glace biseautée sur chevalet cadre bronze.

5 — 4 Petits canons anciens bronze.

6 — Pendule marqueterie de cuivre et d'écaille avec son socle d'applique, ornés de bronzes, surmontée de la statuette de la Renommée.

7 — Flambeaux Louis XV, Louis XVI et empire.

8 — 2 Bouts de table, style Louis XVI.

9 — Une pendule empire, bronze de Picnot père à Paris, avec la devise : « Toute puissance est faible à moins que d'être unie ».

10 — Chenêts Louis XVI et empire.

11 — Pot à lait Hollandais en cuivre.

12 — Statue équestre en bronze sur socle marbre, représentant le Comte de Chambord.

13 — Une pendule empire bronze de Picnot père, représentant la Lecture.

14 — 2 Petites torchères à 3 lumières supportées par un Amour.

15 — 2 Plats cuivre.

16 — 1 Cartel bronze Louis XVI, de Verdier à Paris.

17 — Une petite pendule empire, de Picnot père.

18 — Une autre petite pendule empire.

19 — 2 Coupes bronze ciselé, monture marbre.

20 — Une pendule Louis XVI à colonnettes marbre, ornée de fleurettes en bronze, de Lepaule à Paris.

21 — Une petite pendule Louis XVI.

22 — Une pendule empire, la Moisson.

23 — Une pendule empire.

24 — 2 Flacons cristal, bouchons bronze empire.

25 — Une pendule bronze empire, de Picnot père, l'Astronomie.

26 — 2 Candélabres empire.

27 — 2 Coupes cristal et bronze.

28 — 1 Ecritoire empire.

29 — Une pendule à colonnes empire albâtre, cadran bronze, et deux coupes albâtre ajourées.

30 — Une pendule empire.

31 — Une pendule empire.

32 — 2 Appliques empire.

33 — 2 Appliques Louis XVI.

34 — 2 Candélabres Louis XV, bronze argenté.

35 — Buste marbre, représentant M. le Prince Ghislain de Berghes en Officier au 12e Hussards, par Leroux, 1879.

36 — Baromètre-thermomètre empire, de l'Ingénieur Chevallier.

37 — Pendule de voyage à réveil et répétition, de Bréguet.

38 — Petite pendule de voyage, de Paul Garnier.

FAIENCES, PORCELAINES

39 — Potiche en faïence de Vallauris, rouge, en forme d'urne.

40 — Grande coupe faïence japonaise.

41 — Grande coupe Chine à personnage sur socle bois noir ajouré.

42 — Grande coupe faïence, gros bleu.

43 — 2 Vases Chine à décors de Dragons.

44 — Potiche Delft.

45 — Potiche porcelaines avec personnages japonais.

46 — 2 Grands bols porcelaine de Chine à fleurs.

47 — Grande vasque porcelaine de Chine avec couvercle à décors de fleurs et d'oiseaux.

48 — 2 Grands cachepots porcelaine de Chine à 6 pans.

49 — Grand cachepot en faïence vert d'eau.

50 — Petite potiche chinoise.

51 Petite assiette Chine.

52 2 Vases Chine à personnages blancs sur fonds gris, monture bronze.

53 Cachepot Chine et son plateau à décors d'oiseaux, fleurs et papillons.

54 — Support faïence.

55 — 2 jardinières faïence verte avec anses serpents.

56 — 2 Gourdes faïence.

57 — 2 Vases verts avec socles dorés.

58 — Vase Chine à décors de personnages, monture bronze.

59 — Coupe Chine, monture bronze.

60 — Petite coupe Chine, monture bronze.

61 — Tasse et soucoupe, fonds gros bleu à décors d'oiseaux.

62 — Potiche de Delft avec couvercle.

63 — 2 Potiches japonaises avec couvercle.

64 — 2 Vases Chine à personnages avec socles ajourés.

64 bis — 2 Bouteilles fonds vert, à décors d'oiseaux, monture bronze.

65 — Service de table en porcelaine armoriée.

66 — Service de table à fleurette, genre Saxe.

67 — Service de cristal.

68 — Buste en porcelaine de Sèvres, représentant le Maréchal Mac Mahon, 1874.

69 — Une statue terre cuite, représentant Alphonse de Berghes en costume d'Evêque.

OBJETS DE VITRINE

70 — Bâton de Maréchal de France, ayant appartenu au dernier Maréchal de Broglie.

71 — Montre or Louis XV, ayant appartenu aux trois derniers Maréchaux de Broglie.

72 — 2 Couteaux Louis XVI, manches nacre, ornés d'une bordure perlée, avec lame or et lame acier, dans leur étui en galuchat.

73 — 2 Couteaux Louis XVI, manches nacre, ornés d'une bordure perlée avec lame or et lame acier, dans leur étui en galuchat.

74 — Éventails ivoire, nacre, corne, bois, etc.

75 — 4 Coquillages nacre sculpté, scènes religieuses.

76 — Décorations d'ordres français et étrangers.

COSTUMES DE COUR ET DE GALA

77 — Costume de Cour avec épée.

78 — 1 Costume de Chevalier de l'Ordre des Saints Maurice et Lazare.

79 — 1 Costume de Chevalier de l'Ordre du Saint Esprit avec épée.

80 — Une épée de Cour.

ARGENTERIE

81 — 5 Plats ovales.

10 Plats ronds.

1 Légumier avec couvercle.

Une petite soupière avec couvercle et plateau.

6 Cafetières.

Une Théière.

1 Pot à crème.

2 Huiliers.

1 Confiturier.

1 Bougeoir.

1 Sucrier avec intérieur cristal bleu.

Une salière avec intérieur cristal bleu.

5 Attelles.

1 Couteau à beurre.

12 Petites pelles à sel à manches longs.

Une pince à asperge.

Une cuiller à sucre en poudre, une cuiller à sauce.

Une cuiller à sucre en poudre, une cuiller à sauce.

1 Moutardier.

Une caisse contenant :

18 Couverts, 28 fourchettes, 12 couverts à entremets, 12 cuillers à café, 36 couteaux de table, 12 couteaux à dessert lame acier, 12 couteaux à dessert, lame argent.

E. Langlois, "Journal de l'Orne". - Argentan

Etude de Me BESNIER, notaire à Rânes

Succession de M. le Duc et Prince Ghislain DE BERGHES-St-WINOCK

VENTE JUDICIAIRE

AUX ENCHÈRES PUBLIQUES, en vertu d'une ordonnance rendue par M. le Président du Tribunal civil de la Seine, en date du 15 avril 1908

A la requête de : 1° Les héritiers de Monsieur le Duc et Prince de BERGHES-St-WINOCK.
2° M. MENAGE, administrateur judiciaire au Tribunal Civil de la Seine.

Me BESNIER, Notaire à Rânes (Orne), assisté de Me LANTIEZ, commissaire-priseur à Paris, 7, Rue de Provence, en qualité d'expert, rendra :

A RANES, AU CHATEAU, Les 7, 8, 9, 10, 11, 12, 13, 14, 15, 16, 17, 18, 19 et 20 JUIN 1908
Et jours suivants, s'il y a lieu, à 1 h. 1/2 TRÈS PRÉCISE après-midi

Les objets ci après succinctement indiqués :

MEUBLES ANCIENS

ET MODERNES

TABLEAUX

Portraits, Bronzes, Marbre, Argenterie, Porcelaines et Faïences, Bijoux

LIVRES, LINGES, LITERIE, GARDE-ROBE

Voitures, Harnais, Mobilier meublant, Mobilier agricole, etc.

I. TABLEAUX. — Portraits des XVIIe et XVIIIe siècles, gravures, aquarelles, miniatures.

II. MEUBLES ANCIENS : commodes, fauteuils, pendules, cartel Louis XIV.

Commodes, sièges, bureaux, console, « Louis XV ».

Commodes, fauteuils, bureaux, lits, pendules, tables, chenêts, appliques, flambeaux, « Louis XVI ».

Commodes, sièges, pendules, lits, chenêts, bibliothèques, appliques, secrétaires, bureaux à cylindre, flambeaux, surtout de table, « style empire ».

III. BUSTE en marbre du Prince Ghislain de Berghes-St-Winock, par *Leroux*.

IV. Un COSTUME de cour avec épée.

Un costume de chevalier de l'ordre du *St-Esprit*, avec épée.

Un costume de l'ordre des *Saints Maurice et Lazare*.

Décorations de divers ordres français et étrangers.

Bâton de maréchal de France, ayant appartenu au maréchal de Broglie.

Une montre en or, style Louis XV, ayant appartenu aux trois maréchaux de Broglie.

Deux paires couteaux « Louis XVI », manche nacre avec incrustations lames or et acier.

V. PORCELAINES et FAIENCE : Delft, Chine, Japon, Sèvres, genre Saxe et vieux Rouen et autres.

VI. ARGENTERIE (environ 25 kilogr.), plats, légumiers, huiliers, soupières, cafetières, théieres, pots à crème, confituriers, salières, moutardier, couverts de table et à entremets, couteaux de table et couteaux à dessert, des maisons Odiot, Aucoc et autres.

VII. BIJOUX. — Linges, garde-robe.

VIII. ORNEMENTS et VASES SACRÉS.

IX. LIVRES : Un livre d'heures sur parchemin avec enluminures, portant la date de 1624.

La « Chronique d'Anjou », relié en maroquin, avec fers, portant la date de 1529.

Environ 1500 volumes divers : histoire, géographie, mémoires, revues, le *Correspondant*, la *Revue des Deux Mondes*, livres de piété, almanachs royaux, almanachs Gotha.

Romans divers de : Pierre Maël, Cherbulliez, Willy, Cooper, Mérouvel, Tinayre, Conan-Doyle, Lavedan, Loti,

Lesueur, Abel Hermant, Aicard, Achard, Aderer, Braddon, Feuillet, Adam, Dennery, Greville, Bourget, Mirbeau, Montégu, Champsaur, Prévost Richebourg, Margueritte, Coppée, G. Sand, Bazin, Daudet, Belot, Huysmans.

X. VINS EN BOUTEILLES : Château-Livran, Cantenac, Montaigne, Blaye-Bourgeois, Picpoul, Graves, Malaga, Rancio, Vinos-Santos, Marsala, Alicante, Rota, Château Laffite, Grenache, Roussillon, Xérès, Clos-des-Chênes, Pichon-Longueville (environ 380 bouteilles). Environ 30 litres d'eau-de-vie de cidre.

XI. VERRERIE et VAISSELLE.

MÉTAL ARGENTÉ : plats, réchauds, verseuses, bols, huiliers, salières, couverts et couteaux de table, couverts et couteaux à dessert, des maisons Christophle et autres.

XII. Quantité de MEUBLES courants. Très bonne literie, couvertures, édredons, armoires normandes, etc.

XIII. TAPIS et autres, tentures, portières, dessus de lits, tapis de table.

XIV. ARMES : fusils, carabines, revolvers, sabres, épées.

XV. VOITURES : un landau de *Binder*, un coupé de *Bouet et Cottet*, dogcart de *Binder*, panier de *Labourdette*.

XVI. SELLERIE : selles d'hommes et de dames, onze harnais complets, brides, étriers, fouets, etc.

Têtes de cerfs et de sangliers.

XVII. MATÉRIEL AGRICOLE et outils de jardin.

XVIII. PLANTES de serre et d'appartements, orangers, palmiers, aloès, camélias en caisse, etc.

XIX. Une JUMENT hors d'âge, une vache sous poil caille, âgée de 7 ans.

Foin, cidre, fûts et tonneaux.

Et quantité d'autres objets.

AU COMPTANT 10 0/0 EN SUS

Demander le catalogue à partir du 25 mai, soit à Me LANTIEZ, soit à Me BESNIER, notaire à Rânes

ORDRE DES VACATIONS

Le 7, Tableaux.

Le 8, Meubles anciens et de style.

Le 9, Bronzes d'arts et d'ameublements, marbres, faïences, porcelaines, objets de vitrine, costumes de cour, argenterie.

Le 10, Argenterie (suite), bijoux, armes, garde-robe, ornements et vases sacrés, linges.

Le 11, Linges (suite), livres.

Le 12, Verrerie, vaisselle, métal argenté.

Les 13, 14, 15, 16, 17, meubles courants, vins et eaux-de-vie.

Le 18, voitures, sellerie, matériel agricole.

Les 19, 20, matériel agricole, plantes de serres et d'appartements, animaux. Foin, cidre et fûts.

Des affiches détaillées pour le mobilier courant seront établies en temps utile

L'ordre des vacations et celui du catalogue pourront être changés. — *Exposition du 31 Mai au 3 juin 1908, de 2 à 5 h. du soir*

Moyens de Communications

RANES : 23 km. d'Argentan, ligne de Paris-Granville, train express · 18 km. de Briouze, id. id. | 9 km. des Yveteaux, ligne de Paris-Granville, train omnibus · 10 km. d'Ecouché, id. id.

Des voitures seront à Argentan à l'arrivée du train de Paris de 12 h. 3. — Service public de Rânes à Ecouché. 2 fois par jour, dans chaque sens

E. Langlois, " Journal de l'Orne ", — Argentan

RED. :

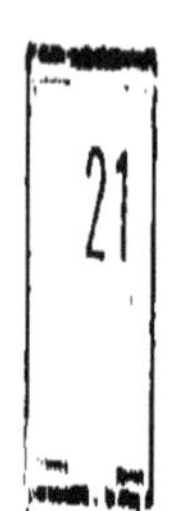
21

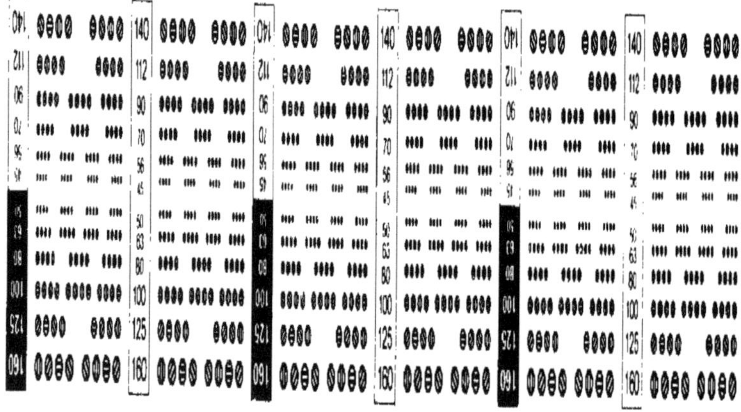

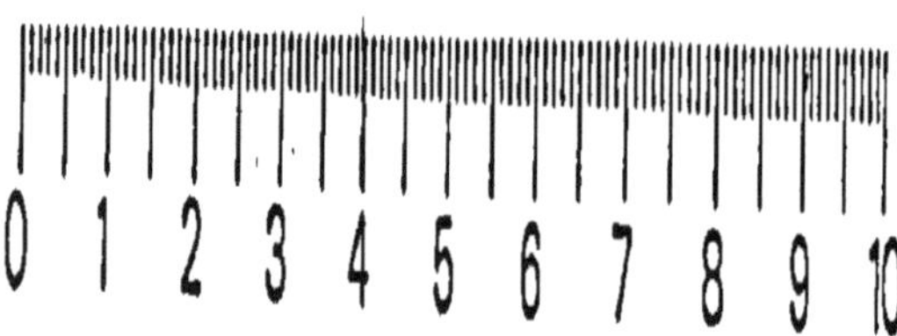
0 1 2 3 4 5 6 7 8 9 10

www.ingramcontent.com/pod-product-compliance
Ingram Content Group UK Ltd.
Pitfield, Milton Keynes, MK11 3LW, UK
UKHW020228180726
13838UKWH00005B/2263

9 782329 333663